綺羅香

方耀乾台華雙語俳句集

方耀乾 著

推薦序　他的俳句，繼續保存百千年！

國立成功大學台灣文學博士
人文國際（股）公司執行長　黃信彰

民國九十年代我研讀成大博士班的時候，就經常聽說有一位「方學長」已經在國立大學任教，而且「混」得很好。其實，當時幾個成大台文所博士班畢業的學長都已經在國立大學大展身手；那讓人覺得，就讀台灣文學是一個很有出路的選擇。

方耀乾主任就是這樣的箇中典範，尤其是他的台語詩人身分，更讓人覺得：讀台文真是「文學正確」！

仰之彌高的神人級學長

方主任執教的國立台中教育大學台灣語文學系，可說是中台灣最重要的台語教育重鎮。這其中，除因該系是國民義務教育的台語教學搖籃，另外，還有一個重要原因，就是方主任一直都是國家級的語言教育棟梁。

例如，他一路從教育部本土教育會委員、推動會委員、人才培育小組召集人，甚至擔任十二年國民教育語文領域課綱研修召集人等等。這些「神人級」的履歷，讓我們這群年歲已然不小的「小」學弟們仰之彌高，並且深具示範意義。

我知道，在方主任的六五華誕慶賀文集裡，一定不缺此瞻仰高功之文；今之所以提及此揭豐功偉業，僅在說明學弟們對「他」的孺慕之始。不過，坦白說真正讓我親近方主任的途徑，反而是來自於他的「詩意」。

詩的發現 阿母是太空人

大約在三、四年前吧！

有一天，一位與我同屬扶輪社的社友夫人來電，向我詢問是否認識「方耀乾老師」？原來，是一群中台灣貴婦們想在母親節朗讀台語詩句，特別挑選了「阿母的皮包」和「阮阿母是太空人」這兩首詩。由於受到這兩首詩的感動，所以想要向方老師請教詩句的意義和故事情節。

那是我第一次發現，原來台語詩可以這麼策動人心；特別是在中年貴婦群的領略裡，她們不但讀到自己記憶中的「阿母」，更也成全了多年來不斷自我實踐的「阿母」形象。

有了這個重大發現，我便將算盤打到了方主任的詩句裡。

多年來，我一向從事古蹟與歷史建築等等文化資產園區的營運事業；拜長期沉浸於台灣文學之賜，我所管理的園區經常充滿濃濃文化味與文學味，這樣的氛圍，總是讓遊賞者、參觀者、學習者、研究者擁有更多與台灣文學親近的機會。

於是，我向方主任提出一個大膽卻不過分的要求；希望他為這群文化資產駐足，甚至Long Stay，然後，寫下他的敏感、想像和傳播。

果真，正在進行「教授休假研究」的方主任接受了我的邀請，甚至從台南老家搭高鐵、騎摩托車、開車地往來於摘星山莊、一德洋樓和梧棲文化出張所之間，為我們留下深富台灣土地氣息的「台式俳句」。

他說，這三座古蹟莊園，從一百五十二年前到九十九年前，到九十二年前；從清代同治到日本大正與昭和，各有各的風華，各有各的魅力。我打算，就將這些詩句鐫刻在她們專屬的莊園裡，繼續保存一百五十二年。

一百年後還要朗讀的詩句

從時代的錯置讀來，俳句簡練的能量，就能帶人進行穿越：

〈一秒〉

一秒就轉去

大正時代
榻榻米的氣味

〈一千片〉
一千片葉仔
一百道日頭光
睏晝的眠床是天堂

〈門口〉
門口兩欉榕仔
彎腰鞠躬
一百冬囉

從詩人的遐想中，紅牆白雲正是念念情愛的魔幻主義：

〈日光斜〉
窗花紅豔
窗花糕真芳甜
少女的喙頓紅起來

〈下晡茶〉
少女白抛抛的皮膚
天使的芳味
神仙的點心

〈白雲〉
白雲
輕輕輕輕
踏入我的繡房

〈上愛〉
上佮意
遮的冰淇淋
妳的喙唇

從古蹟與歷史建築的體驗，詩人將以十幾個字，令人靜止和溫暖：

〈行入遮〉
行入遮
空氣輕輕
時間也停落來囉

〈夜雨〉
夜雨澹溼街路
街燈寂寞

室內的溫暖

真的，我真的打算將這些俳句鐫刻在這三座莊園裡，並且透過年代數字密碼「九二一五二九九」的資產價值，繼續保存百千年！

——二〇二三年一月三十日

自序　《綺羅香》愈久愈芳（台語版）

《綺羅香》是一部台華雙語俳句集，總共五十一首，應人文國際有限公司執行長黃信彰兄的邀請寫的。主要是描寫台中市區的幾个古蹟：分別是霧峰林家花園、摘星山莊、梧棲文化出張所、一德洋樓、舊頂街派出所等五位所在。這五个古蹟有俱備漢式古典之美，抑是俱備日式典雅之美。信彰兄希望佇遮的古蹟（林家花園除外）各處徛一寡詩牌，深化人文和詩教。我就想講，徛踮觀光區的詩碑，參觀者大多來去匆匆，難得停跤好好仔欣賞。因此我就建議詩歌莫長，愛短。信彰兄也贊同。所致我就用俳句的體式來創作。

這本俳句集採取自由俳的方式書寫，無以五、七、五音節為限，亦無一定愛有季語。主題有愛情、歷史、社會、民俗、生活、思古、哲思、感懷等。風格儘量以輕快、唯美、溫婉為主。

——二〇二四年十二月二十二日，佇太平洋世界號郵輪，印度洋

自序　《綺羅香》歷久彌香（華語版）

《綺羅香》是一部台華雙語俳句集，共五十一首，應人文國際有限公司執行長黃信彰兄的邀請書寫的。主要描寫台中市區的幾個古蹟：分別是霧峰林家花園、摘星山莊、梧棲文化出張所、一德洋樓、舊頂街派出所等五個。這五個古蹟或俱漢式古典之美，或俱日式典雅之美。

信彰兄希望在這些古蹟各處立一些與此古蹟（林家花園除外）相關之詩牌，以期深化人文與詩教。於是我就在想，立在觀光區的詩牌，參觀者大多匆匆一瞥而過，很難會駐足好好欣賞。我就建議詩歌不要長，要短。信彰兄也贊同。於是我就用俳句的體式來創作。

這本俳句集採取自由俳方式書寫，不以五、七、五音節為限，亦不限有季語否。主題有愛情、歷史、社會、民俗、生活、思古、哲思、感懷等。風格儘量以輕快、唯美、溫婉為主。

——二〇二四年十二月二十二日，於太平洋世界號郵輪上，印度洋

CONTENTS

推薦序　他的俳句，繼續保存百千年！／黃信彰　002
自序　《綺羅香》愈久愈芳（台語版）　010
自序　《綺羅香》歷久彌香（華語版）　011

一德洋樓

下晡茶（台語）　020
下午茶（華語）　021
泡一杯咖啡（台語）　022
泡一杯咖啡（華語）　023
一个人的旅行（台語）　024
一個人的旅行（華語）　025
一个人的下晡茶（台語）　026
一個人的下午茶（華語）　027
林懋陽故居（台語）　028
林懋陽故居（華語）　029
綺羅香（台語）　030
綺羅香（華語）　031
花蔭（台語）　032
花蔭下（華語）　033
流水（台語）　034
流水（華語）　035

細姨仔樓（台語） 036
小妾樓閣（華語） 037
面牆（台語） 038
臉牆（華語） 039
迴廊（台語） 040
迴廊（華語） 041

摘星山莊

頤養（台語） 044
頤養（華語） 045
半暝（台語） 046
半夜（華語） 047
饗宴（台語） 048
饗宴（華語） 049
半月池（台語） 050
半月池（華語） 051
白雲（台語） 052
白雲（華語） 053
日頭光（台語） 054
日光（華語） 055
行入遮（台語） 056
走進這裡（華語） 057
日光斜（台語） 058
日光斜（華語） 059

一千片（台語） 060
一千片（華語） 061
摘星（台語） 062
摘星（華語） 063
綾羅嬌（台語） 064
綾羅嬌（華語） 065
窗花餅（台語） 066
窗花餅（華語） 067
交趾陶（台語） 068
交趾陶（華語） 069
揣伴（台語） 070
求偶（華語） 071
翻頭看（台語） 072
回眸（華語） 073
花窗邊（台語） 074
花窗下（華語） 075
赤跤的少女（台語） 076
裸足少女（華語） 077
摘星山莊（台語） 078
摘星山莊（華語） 079

梧棲文化出張所

一秒（台語） 082
一秒（華語） 083
門喙（台語） 084
門口（華語） 085

恬靜（台語） 086
靜謐（華語） 087
叩叩（台語） 088
叩叩（華語） 089
夜雨（台語） 090
夜雨（華語） 091
上愛（台語） 092

舊頂街派出所

舊頂街派出所（台語） 102
舊頂街派出所（華語） 103
喵星人（台語） 104
喵星人（華語） 105
最愛（華語） 093
日夜（台語） 094
日夜（華語） 095
喙焦（台語） 096
渴了（華語） 097
和室（台語） 098
和室（華語） 099

霧峰林家花園

黃葉（台語） 108
黃葉（華語） 109
娛親（台語） 110
娛親（華語） 111

讀史（台語）　112
讀史（華語）　113
萊園（台語）　114
萊園（華語）　115
目箭（台語）　116
回眸（華語）　117
去國（台語）　118
去國（華語）　119
林家花園（台語）　120
林家花園（華語）　121
往事（台語）　122
往事（華語）　123
櫟詩社（台語）　124
櫟詩社（華語）　125
家（台語）　126
家（華語）　127
夜思（台語）　128
夜思（華語）　129

「德洋樓

下晡茶（台語）

少女白抛抛的皮膚
天使的芳味
神仙的點心

——二〇二一年十月十四日，台南永康

下午茶（華語）

少女雪白的肌膚
天使的芬芳
神仙的點心

——二〇二一年十月十四日，台南永康

泡一杯咖啡（台語）

泡一杯咖啡
來一塊Basque
將齷齪揀出窗外

——二〇二一年十月十四日，台南永康

泡一杯咖啡（華語）

泡一杯咖啡
來一塊 Basque
將煩躁推出窗外

——二〇二一年十月十四日，台南永康

一个人的旅行（台語）

一个人的旅行
會當像
一首詩

——二〇二二年九月十四日，台南永康

一個人的旅行（華語）

一個人的旅行
可以像
一首詩

——二〇二二年九月十四日，台南永康

一个人的下晡茶（台語）

一个人的下晡茶
會當像
一幅畫

——二〇二二年九月十四日，台南永康

一個人的下午茶（華語）

一個人的下午茶
可以像
一幅畫

——二〇二二年九月十四日，台南永康

林懋陽故居（台語）

紅磚三合院
迴廊迎春風
眾樹嗤舞嗤呲

——二〇二三年二月十八日，台南永康

林懋陽故居（華語）

紅磚三合院
迴廊迎春風
群樹絮語

——二〇二三年二月十八日，台南永康

綺羅香（台語）

暗芳蜷踅
歲月恬恬激化
百歲美人

——二〇二三年五月十八日，台南永康

綺羅香（華語）

暗香繾綣
歲月靜靜釀造
百歲美人

——二〇二三年五月十八日，台南永康

花蔭（台語）

花開
軁過綠色花蔭
衫黏花芳

——二〇二三年五月十四日，台南永康

花蔭下（華語）

花開
穿過綠蔭
衣沾香

——二〇二三年五月十四日，台南永康

流水（台語）

風輕輕
一片樹葉落落來
一逝詩

——二〇二三年五月十四日，台南永康

流水（華語）

風輕輕
一片樹葉落下
一行詩

——二〇二三年五月十四日，台南永康

細姨仔樓（台語）

過眼雲煙有時盡
只睹退色樓窗
度黃昏

——二〇二三年二月十七日，台南永康

小妾樓閣（華語）

過眼雲煙有時盡
僅存褪色樓窗
度黃昏

——二〇二三年二月十七日，台南永康

面牆（台語）

你著驚的籦桶喙
喔！細姨的花容月貌
春光佇粉紅色樓閣裡

——二〇二三年二月十七日，台南永康

臉牆（華語）

你驚訝的大嘴巴
哦！小妾的花容月貌
春光在粉紅閣樓裡

——二〇二三年二月十七日，台南永康

迴廊（台語）

我輕輕的跤步閣再輕輕
透過窗台偷看
見笑的目睭也大膽起來

——二〇二三年二月十七日，台南永康

迴廊（華語）

我輕輕的跫音再輕輕
透過窗台窺視
害羞的雙眸大膽了起來

——二〇二三年二月十七日，台南永康

摘星山莊

頤養（台語）

滿城風雨心安適
寫盡繁華終寂寞
埕斗摘星養天年

——二〇二二年八月二十一日，台南永康

頤養（華語）

滿城風雨心安適
寫盡繁華終寂寞
庭斗摘星養天年

——二〇二二年八月二十一日，台南永康

半暝（台語）

半暝啥拚窗
啊！敢是急雨
想起故鄉的水雞叫

——二〇二二年九月四日，台南永康

半夜（華語）

半夜誰打窗
啊！是急雨嗎
想起故鄉的蛙鳴

——二〇二二年九月四日，台南永康

饗宴（台語）

五味佇舌尖跳舞
七彩佇盤裡閃爍
心靈和肉體交響

——二〇二二年九月九日，台南永康

饗宴（華語）

五味在舌尖跳舞
七彩在盤裡閃爍
心靈和肉體的交響

——二〇二二年九月九日，台南永康

半月池（台語）

寒雨突然拍佇半月池和竹林
堅持一下
溫暖的日光等咧會現身

——二〇二二年九月十二日，台南永康

半月池（華語）

寒雨突然打在半月池和竹林
堅持一下
暖陽待會兒會露臉

——二〇二二年九月十二日，台南永康

白雲（台語）

白雲
輕輕　輕輕
踏入我的繡房

——二〇二二年十月十九日，台南永康

白雲（華語）

白雲
輕輕的　輕輕的
踏入我的繡房

——二〇二二年十月十九日，台南永康

日頭光（台語）

日頭光相閃身
恬靜的黃昏
和你比身懸

——二〇二二年十月二十日，台南永康

日光（華語）

日光擦身而過
恬靜的黃昏
和你比身高

——二〇二二年十月二十日，台南永康

行入遮（台語）

行入遮
空氣輕輕
時間也輕輕

——二〇二二年十月二十三日，台南永康

走進這裡（華語）

走進這裡
空氣輕輕
時間也輕輕

——二〇二二年十月二十三日，台南永康

日光斜（台語）

窗花紅豔
窗花糕真芳甜
少女的喙頓紅起來

——二〇二二年十月三十一日，台南永康

日光斜（華語）

窗花紅豔
窗花糕真香甜
少女的腮紅了起來

——二〇二二年十月三十一日，台南永康

一千片（台語）

一千片葉仔
一百道日頭光
睏晝的眠床是天堂

——二〇二二年十二月二十四日，台南永康

一千片（華語）

一千片葉子
一百道陽光
午睡的床是天堂

——二〇二二年十二月二十四日，台南永康

摘星（台語）

一粒天星
徛踮埕斗
雕梁畫棟佇心內閃爍

——二〇二三年二月十六日，台南永康

摘星（華語）

一顆星星
站在庭院
雕梁畫棟在心中閃爍

——二〇二三年二月十六日，台南永康

綾羅嬌（台語）

含嬌身影行過穿堂
綾羅玲瓏使目箭
個個是絕世美女

——二〇二三年二月十六日，台南永康

綾羅嬌（華語）

嬌羞身影穿堂過
綾羅玲瓏眉目傳情
個個是絕世美女

——二〇二三年二月十六日，台南永康

窗花餅（台語）

會使食的古蹟
一粒青春永在
兩粒成雙成對

——二〇二三年二月十七日，台南永康

窗花餅（華語）

可吃的古蹟
一顆青春永駐
兩顆成雙成對

——二〇二三年二月十七日，台南永康

交趾陶（台語）

鮮沢的人像和我相借問
壁頂的圖畫和書法好看無
我回問林其中將軍平安無

——二〇二三年二月十七日，台南永康

交趾陶（華語）

光鮮的人像和我打招呼
壁上的圖畫和書法好看嗎
我回問林其中將軍安否

——二〇二三年二月十七日，台南永康

揣伴（台語）

樹頂
蟬仔叫歌
粉紅夢

——二〇二三年五月十五日，台南永康

求偶（華語）

樹上
蟬高歌
粉紅夢

——二〇二三年五月十五日，台南永康

翻頭看（台語）

花傘踮
你翻頭微微笑
妖嬌挑俍

——二〇二三年五月十五日，台南永康

回眸（華語）

花傘下
你回眸一笑
千嬌百媚

——二〇二三年五月十五日，台南永康

花窗邊（台語）

坐佇花窗邊
目睭瞌起來
你微微笑的身影

——二〇二三年五月十五日，台南永康

花窗下（華語）

坐在花窗下
閉上雙眼
你微笑的身影

——二〇二三年五月十五日，台南永康

赤跤的少女（台語）

青翠的草埔
你白鑠鑠的跤肚
露珠閃爍

——二〇二三年五月十五日，台南永康

裸足少女（華語）

翠綠的草地
你雪白的小腿肚
露珠閃爍

——二〇二三年五月十五日，台南永康

摘星山莊（台語）

夜摘星挽月
日追太陽
風調雨順

——二〇二三年五月十六日，台南永康

摘星山莊（華語）

夜摘星挽月
日追太陽
風調雨順

——二〇二三年五月十六日，台南永康

梧棲文化出張所
腳踏車專用停車區
請勿停放機車

梧棲文化出張所

一秒（台語）

一秒就轉去
大正時代
榻榻米的氣味

——二〇二二年十月二十日，台南永康

一秒（華語）

一秒就回到
大正時期
榻榻米的氣味

——二〇二二年十月二十日，台南永康

門喙（台語）

門喙兩欉榕仔
彎腰鞠躬
一百冬囉

——二〇二二年十月二十日，台南永康

門口（華語）

門口兩棵榕樹
彎腰鞠躬
一百年囉

——二〇二二年十月二十日，台南永康

恬靜（台語）

恬靜的小路
大和撫子輕步行來
毋是，是台灣辣妹

——二〇二二年十月二十日，台南永康

靜謐（華語）

靜謐的小徑
大和撫子輕步走來
不，是台灣辣妹

——二〇二二年十月二十日，台南永康

叩叩（台語）

叩叩　叩叩
穿白襪的木屐
芬芳一絲一絲

——二〇二二年十月二十日，台南永康

叩叩（華語）

叩叩　叩叩
著白襪的木屐
芬芳一縷

——二〇二二年十月二十日，台南永康

夜雨（台語）

夜雨澹溼街路
街燈寂寞
房內的溫暖

——二〇二二年十月三十日，台南永康

夜雨（華語）

夜雨濡溼街道
街燈寂靜
房內的溫暖

——二〇二二年十月三十日，台南永康

上愛（台語）

上愛
遮的冰淇淋
妳的喙唇

——二〇二二年十月三十日，台南永康

最愛（華語）

最愛
這裡的冰淇淋
妳的唇

——二〇二二年十月三十日，台南永康

日夜（台語）

日夜
朝元宮的香火味
飄散到出張所

——二〇二二年十一月十一日，台南永康

日夜（華語）

日夜
朝元宮的香火味
飄蕩到出張所

——二〇二二年十一月十一日，台南永康

喙焦（台語）

喙焦，就啉！
肚腹枵，就食！
忝，就睏啊！

——二〇二二年十二月十三日，台南永康

渴了（華語）

渴了，就喝吧！
餓了，就吃吧！
累了，就睡吧！

——二〇二二年十二月十三日，台南永康

和室（台語）

埕斗的竹部
Tatami 頂面豔麗的 kimono
一下晡的優雅

——二〇二三年二月十八日，台南永康

和室（華語）

庭院的修竹
塌塌米上豔麗的和服
一下午的優雅

——二〇二三年二月十八日，台南永康

歷史建築
頂街派出所
臺中廳
葫蘆墩支廳 頂街警察官吏派出所
營業中

舊頂街派出所

舊頂街派出所（台語）

凡勢無閣激一个臭面腔
如今守護的是
甜蜜的愛情冰淇淋

——二〇二三年二月十七日，台南永康

舊頂街派出所（華語）

或許臉孔不再肅殺
如今守護著的是
甜蜜的愛情冰淇淋

——二〇二三年二月十七日，台南永康

喵星人（台語）

最是彼雙目睭
半瞇的微微仔笑
偷看我的愛情

——二〇二三年二月十七日，台南永康

喵星人（華語）

最是那雙眼睛
半瞇著的淺笑
偷窺我的愛情

——二〇二三年二月十七日，台南永康

霧峰林家花園

黃葉（台語）

一葉飄落
秋天
向我使目尾

——二〇二四年十一月九日，台南永康

黃葉（華語）

一葉飄落
秋天
向我眨眼

——二〇二四年十一月九日，台南永康

娛親（台語）

雪梅教囝
戲棚頂的鑼鼓
煞戲

——二〇二四年十一月十四日，台南永康

娱親（華語）

雪梅教子

戲棚上的鑼鼓

散戲

——二〇二四年十一月十四日，台南永康

讀史（台語）

忍袂牢的厚雨
沃澹血獅獅的庭斗
台灣歷史

——二〇二四年十一月十六日，台南永康

讀史（華語）

忍不住的大雨
淋溼血淋淋的庭院
台灣歷史

——二〇二四年十一月十六日，台南永康

菜園（台語）

搖扇消豔熱
池邊荷葉搖枝
喙吐荷花詩

——二〇二四年十一月二十七日，台南永康

萊園（華語）

搖扇消酷暑
池邊荷葉搖曳
口吐荷花詩

——二〇二四年十一月二十七日，台南永康

目箭（台語）

門簾後
彼回頭的目尾
我醉一世人

——二〇二四年十一月二十七日，台南永康

回眸（華語）

門簾後
那回眸的一眼
我醉了一輩子

——二〇二四年十一月二十七日，台南永康

去國（台語）

「台灣，危邦」
林獻堂啊
你的祖國閣較是危邦啊

——二〇二四年十一月二十七日，台南永康

去國（華語）

「台灣，危邦」
林獻堂啊
你的祖國更加是危邦

——二〇二四年十一月二十七日，台南永康

林家花園（台語）

日頭斜西
窗花染金
池中錦鯉

——二〇二四年十一月二十八日，台南永康

林家花園（華語）

日影西斜
窗牖染金
池中錦鯉

——二〇二四年十一月二十八日，台南永康

往事（台語）

南管婉轉悠悠
心頭忽然緊縮
珠淚掛目墘

——二〇二四年十一月三十日，台南永康

往事（華語）

南管婉轉悠揚
心頭忽然緊縮
珠淚湧目眶

——二〇二四年十一月三十日，台南永康

櫟詩社（台語）

池上清風
詩人吟唱
一代國仇家恨

——二〇二四年十一月三十日，台南永康

櫟詩社（華語）

池上清風
詩人吟唱
一代國仇家恨

——二〇二四年十一月三十日，台南永康

家（台語）

車駛過門前
噪音和我
相安無事

——二〇二四年十二月一日，台南永康

家（華語）

車開過門前
噪音和我
相安無事

——二〇二四年十二月一日，台南永康

夜思（台語）

飛簷鉤起
一塊明月
埕斗鮮紅

——二〇二四年十二月二日，台南永康

夜思（華語）

飛簷鉤起
一輪明月
庭院鮮紅

——二〇二四年十二月二日，台南永康

語言文學類　PG3166　秀詩人130

綺羅香：
方耀乾台華雙語俳句集

作　　者 / 方耀乾
責任編輯 / 吳霽恆
圖文排版 / 黃莉珊
封面設計 / 嚴若綾

出版策劃 / 秀威資訊科技股份有限公司
法律顧問 / 毛國樑　律師
製作發行 / 秀威資訊科技股份有限公司
114台北市內湖區瑞光路76巷65號1樓
電話：+886-2-2796-3638　傳真：+886-2-2796-1377
http://www.showwe.com.tw
劃撥帳號 / 19563868　戶名：秀威資訊科技股份有限公司
讀者服務信箱：service@showwe.com.tw
展售門市 / 國家書店（松江門市）
104台北市中山區松江路209號1樓
電話：+886-2-2518-0207　傳真：+886-2-2518-0778
網路訂購 / 秀威網路書店：https://store.showwe.tw
國家網路書店：https://www.govbooks.com.tw
經　　銷 / 聯合發行股份有限公司
231新北市新店區寶橋路235巷6弄6號4F
電話：+886-2-2917-8022　傳真：+886-2-2915-6275

2025年9月　BOD一版
定價：250元

讀者回函卡

國家圖書館出版品預行編目

綺羅香：方耀乾台華雙語俳句集/方耀乾著. -- 一版. -- 臺北市：秀威資訊科技股份有限公司, 2025.09

面； 公分. -- (語言文學類；PG3166)(秀詩人；130)

BOD版

ISBN 978-626-7770-09-2(平裝)

863.51 114010463